GASTON VINAS

L'Egassier

(Le Gardeur de Cavales)

Poème Languedocien - Texte et traduction

Préface de M. Joseph ANGLADE
Professeur à l'Université de Toulouse,
Membre de l'Académie des Jeux Floraux
Félibre Majoral

Illustrations de Madame O. BARTHELEMY

Portrait par J. D. BASCOULÈS

ÉDITIONS
"AU GAY SÇAVOIR"
BÉZIERS

Gaston VINAS

Le Gardeur de Cavales

Texte Languedocien et Traduction

L'EGASSIER

Couronné par l'Académie des Jeux Floraux

AU GAY SÇAVOIR

ÉDITIONS

PRÉFACE

PRÉFACE

A l'époque du phylloxéra, pendant les vacances, mon grand-père, « le papéto », *m'invita à battre du blé en sa compagnie. Dans mon pays de vignobles je n'avais jamais vu battre du blé. Ce me fut une grande joie de passer toute une journée de chaleur étouffante sur une aire abandonnée,* l'ièro, *au milieu de la poussière et du bruit. De temps à autre d'ailleurs je m'éclipsais, pour aller boire au* pourrou, *que l'on avait mis au frais à l'ombre, avec des feuilles de vigne par dessus.*

Les chevaux tournaient en rond au milieu des gerbes, la garbo; *et comme mon grand-père m'avait souvent parlé des* ègos *et des* ègassiers, *il m'expliqua sur place ces mots qui n'éveillaient rien dans mes souvenirs. Mon grand-père était né en* 1815, *et c'est vers* 1830 *qu'il avait commencé à faucher avec l'*oulan *et à battre le blé en compagnie des* ègos *et des* égassiers.

C'est à cause de ces souvenirs que j'ai consenti à écrire une préface pour l' «Egassier » *de Gaston Vinas. Ce poème, que j'avais déjà lu en raccourci à l'Académie des Jeux-Floraux. et que l'Académie avait couronné, il y a un an, se présente à nous cette fois-ci avec tout le développement nécessaire.*

Ce qui en fait l'intérêt, c'est d'abord le pittoresque des descriptions. L'auteur connaît la campagne méridionale; il en aime le charme pénétrant et parfumé, les mots expressifs et imagés, rares mais populaires, font image. Les descriptions sont brèves et discrètes ; leur concision n'enlève rien à leur couleur.

*Mais ce qui donne à l'œuvre son principal charme, c'est la vie qui y circule d'un bout à l'autre. L'unité du poème est due au personnage de l'*Egassier, *personnage hautain et distant, dans sa simplicité. Il vieillit, lui aussi, puissant et solitaire, portant dans sa misère mélancolique tous les regrets d'un passé lointain. Il n'est pas hostile au progrès, mais il voit le machinisme triomphant; et de cela lui vient une tristesse infinie.*

Aussi, quand il meurt, voit-il dans le ciel apparaître non pas les Saintes, comme Mireille, mais ses blanches juments, las ègos ! *Ne serait-ce que pour cette jolie trouvaille — dont le poète aurait pu tirer encore plus d'effet — j'ai consenti à écrire pour ce livre une préface, ou quelque chose d'approchant, dont il se serait fort bien passé. Le lecteur peut, lui aussi, s'en passer sans regrets : la lecture de cette œuvre simple, mais vivante, lui donnera, je l'espère, quelques émotions, que le préfacier aurait été impuissant à provoquer.*

JOSEPH ANGLADE,

Professeur à l'Université de Toulouse,
Membre de l'Académie des Jeux Floraux,
Félibre Majoral.

CHANT PREMIER

CANT PREMIER

Chant Premier

I

Il est mort, Raymond le brun, qui avait noble metier. De bois mince de sapin on a confectionné sa bière, que tous, nous avons suivie, là-bas, sur la hauteur où rêve le vieux monastère. A l'antique cimetière où dorment les aïeux, là-bas où l'on dit, que la nuit des ombres glissent et qui dès le chant du coq rentrent sous les pierres.

Le vieux gardeur de cavales est mort chargé d'ans, de savoir.

Et le peuple dit son histoire :

Il était franc, loyal, et se faisait une gloire de défendre le Passé, et l'on dit aussi que nul autre mieux que lui ne conduisait les cavales quand se dépiquait le blé.

Il s'en est allé aux Champs-Elyséens, l'homme de bien !

Cant Premier

I

Es mort Ramound lou brun, qu'abia nòble mestier,
E d'abet i an fach una caissa,
Qu'abem toutes seguida aval fin qu'a la laissa
Ount raiba l'antic mounastier,
Al cementeri vielh, ount lous avis dourmissoun,
Aval ounte, se dis, que la nèit d'oumbras glissoun
E que lou cant del galh fai rejounhe clapier.

Es mort lou boun gardian cargat d'ans, de sabe,
E lou pople dis soun istoria !
Era francas, louial e se fazia' na gloria
D'aparar lou passat, e se dis atabe
Que degus milhou qu'el menaba,
Las cavalas quand se caucaba.
S'es en anat as Aliscamps l'ome de be !...

II

Et la foule parlait fort en revenant par le petit chemin qui s'enfonce parmi les haies de « blanquette » et de ronces et qui semble, coupant court, orné de fleurs, peuplé de nids, sous les saules verts et les peupliers gris, courir vers le village où la vie continue.

II

E lou pople parlaba fort en revenguen
Per lou caminol que s'enfounsa,
Mentre dos randissas de blanqueta e de rounsa
E que sembla, en racourgiguen,
Oundrat de flours, poplat de nizes
Joust sauzes verts e pibouls grizes,
Trepar daus lou vilage ount la vida repren.

Mais le peuple à tôt fait d'oublier, chaque figure s'est déridée. Tout est bien fini du gardeur de cavales, ceux qui le regrettaient si fort tout à l'heure, rejoignent leur maisonnée, autour de la table familiale où la vie reprend ses droits.

Tout homme s'occupe d'autre chose. C'est le destin d'ici bas: qu'une lumière meure, qu'une autre s'éclaire! Les peuples vont, les peuples viennent, les idées qui les remuent ne dépassent point le seuil de leur maison.

Mas leu-leu, lou pople doublida.
Cada cara s'es derafida,
Tout es finit de l'ègassier.
Cadun rejunta sa clouchada
E tout entourn de la taulada,

Lou rire s'auzis lou primier.
A quicon mai cadun s'afàira
Un lum mouris, l'autre s'esclàira
Acò's lou destin d'assaval,
Lous poples van, lous poples venoun,
Las idèas que lous remenoun
Per limitas an lour oustal.

III

Infortuné gardien de cavales !

Mais nous aussi infortunés !

Tous ainsi, les uns, les autres, malgré la lutte ou la crainte, nous cheminons vers la nuit profonde où nous enfonce l'oubli !

Puis vient l'heure, où dans un recoin le vent marin ou tramontane (1) de notre poussière qu'il grapille, fait un mélange et çà et là, un petit tas ou chacun passe sans songer, peut-être, qu'une race soupire là sa suprême plainte !

(1) Vent du Nord.

III

Paure egassier. Mas paures nautres.
Toutes atal, lous uns, lous autres
Malgrat la lucha ou la crentour,
Nous adralhant daus la néit founsa
Ount lou demembre nous enfounsa !
Pèi, ven l'oura ount dins un cantoun

Lou vent, marin ou tramountana
De nostra poulsa que reclana
Fa'n muscladis e sài e lài,
Un moulounet ount cadun passa,
Sans souscar belèu qu'una rassa
Souspira aqui soun darnier lai !

IV

En mémoire de lui, je vais te dire, Muse, comment je sais son histoire!

La merveilleuse et simple vie que voilà!

Par un jour de mai, à l'heure matinale où l'alouette jetait déjà son tir-li-qui.

Cependant que Soleil émergeait du sein de la mer qu'il enflammait; que la terre toute étonnée se réveillant sous son baiser tressaillait du marécage à la cîme du Carrous.

La nature hier encore muette sous le givre et réveillée à nouveau, ouvrait en riant bourgeons, feuilles et fleurs.

Et dans sa beauté printannière, laissait la brise légère sécher, au bout des branches, sa rosée de pleurs.

IV

Te vau dire, Muza, en memoria
Couma sabi sa longa istoria!
L'espétaclousa e simpla vida que vaqui !
Un jour de mai, oura d'aubieiro
Que la lauzeta campassièiro
Fazia deja soun tir-li-qui.

Mentre que Soulelh pounchejaba,
Del sen de la mar qu'abracaba,
Escampilhan soun or coum un rèi amourous,
Que la terra touta estounada,
S'espèrtant joust sa poutounada
Trefoulissia de la sansouira inca al Carous.

La natura mai renascuda,
Hier encaro joust gibre muda
Alandaba'n riguen bourous, felhas e flours,
E dins sa beutat primatièira
Laissaba à l'aureta laujeira
Assecar de sous brancs soun aigache de plours.

A la cime d'un frêne, matinale, la pie maigre et bavarde le col tordu, écoutait un rossignol, et dans les pins où se cachaient mille oiseaux querelleurs, les rayons du soleil venaient se déchirer.

A peine ouverte, la bergerie laissait aller le troupeau, sautillant, bataillant, et bêlant après le foin.

C'était dimanche et les cloches, épandaient dans la profondeur de nos plaines, à larges ondes leur divin chant de Foi.

Al cap d'un fraisse matinièira
L'agassa magra e jacassièira
Col toussit, escoutaba un roussinhol cantar.
E dins lous pins ount s'amagabou
Mila ausels que se carcanhabou :
Lous raisses del soulhel se venian esfatar.

La jasa tant leu alandada
Laissaba anar la troupelada,
Sautaira, capejaira e bélaira aprep fé.
Era'n dimenche e las campanas
Dins la founzour de nostras planas
Espandissian à brand lour divenc cant de Fé...

Enfant me dit l'égassier, tu veux savoir de ma vie qui tombe sa fleur, quand, j'ai connu la plus grande joie.

Cela remonte à plus d'une année.

Je conduisais des cavales sauvages, des prairies grasses aux monts garrigues, et tel un fou...

Dans le soleil ou le vent du large, du vallon au puy de la Fée (1) devant mon blanc troupeau, je traversais ruisseaux et marais une jeune pousse de frêne pour trident; veste courte et grand chapeau.

Là-haut, tout là-haut, sur la montagne, mon avoir (2), se nourissait de jeune lavande ou d'orties; y buvait le vent, impatienté sous l'oliveraie; mais si goulu de jeunes plants d'oliviers qu'il m'est arrivé bien des fois.

de le voir aller, avec une vitesse d'éclair, cou tendu les regards louches, et si vivement, et si promptement qu'il arrachait du sol des étincelles avec ses sabots, et que des rocs et des touffes d'herbes montaient en vol derrière lui.

(1) Nom d'une colline au nord de Florensac.
(2) Troupeau.

Filh, me diguet, vos saupre coura
Dins ma vida que se desfloura
Ai counescut la plus grand gauch?
Acò monta à mai d'una annada.
Menabe d'ègas de la prada
A la garriga, e coum'un bauch

Dins lou soulelh ou la ventada,
De la coumba al pech de la fada
En avan de moun blanc troupèl,
Traversabi rec e sansouira
Amb'una làta per fichouira
En boumbet court e larg capèl.

Amoundaut subre la garriga
Moun troupèl d'espic e d'ourtiga
Se nourrissia, bévia lou vent,
Fernetegous joust l'ouliveda,
Mas tant goulut d'estacareda
Que m'es arrivat plan souvent

De lou veire anar coum'iglausses,
Col estirat, lous aigaits fausses,
E tant proumpt que trazia del sol
De belugas dejoust sas batas,
E que dels ròcs e de las matas
Detras el mountaba lou vòl.

Quelle course! avec ma jument préférée, au pied sûr, aux reins solides, je partais tel un feu-follet et d'un seul élan, au galop redoublé, nous rejoignions la chevauchée baignée de sueur et l'œil penaud.

Puis, je conduisais mes bêtes dans une gorge.

Un jour que je la rassemblais là, dans le silence du midi, j'ouïs un air caressant de vieille chanson, dont paraissait s'étonner l'espace. — Chant de mélancolie et d'amour, Et tout au haut d'un grand rocher, je vis, une gentille enfant.

« Ohé!, lui criai-je, vous êtes vous perdue dans un dédale, ou Dieu vous mande-t-il, pastourelle, dans cette solitude, où seul, depuis dix ans je me sens mourir de tristesse?

Si vous le vouliez bien, ô demoiselle, aussi fine qu'enchanteresse, le temps nous paraîtrait plus court en devisant, nous serions de compagnie.

A notre âge il y a bel écheveau à devider le long du jour. »

Quanta trepada. Amb ma poulina
Qu'abia boun ped e bouna esquina,
Partissiam coum un fiòc foulet,
E d'una soula galaupada
Rejuntabem la cavalcada
Touta suzour e l'uelh mouquet. —

Pei, dins la coumba la menabe,
Un journ qu'aqui la recatabe
Dins lou silenci del miejourn
Auziguère un er calinhaire
Dount semblaba s'estounar l'aire.
— Cant de languimen e d'amour. —

E subre un naut ròcas, vejère
Una mignota: « Oh! l'i cridère,
Vous setz-ti perduda al ramboul,
Ou Diu vous manda-ti, pastressa,
Dins aquel rode ount de tristessa
Dumpèi dech ans me more soul!

S'hou vouliatz plan,ô damaizèla
Autant fina qu'encantarèla,
Lou temps nous parestria mai court
En parlant. Serian de coumpanha.
A nostre âge i a bèla escanha
A debanar lou loung del journ.

« Que diriez-vous, à ma misère, fit-elle.

Je suis la chevrière de la ferme de Mingau, que vous connaissez. Je suis orpheline et peu m'importe de rester seule.

Mais vous, combien avez-vous de bêtes ! »

« Mon bétail n'est point une fortune, répondis-je, ô belle brune; du bétail on en voit au marché. On en achète on en vend, mais des femmes faites comme vous l'êtes, peine perdue, mes yeux n'en ont jamais remarqué. »

Je m'approchais d'elle en causant, mais je l'admirai tant que je n'osai plus rien lui dire.

Et les belles phrases que je préparais, demi-heure avant, en l'apercevant, ne vinrent jamais à mes lèvres.

Ses chèvres qu'un gros bouc guidait vinrent brouter les feuilles et les jeunes pousses de la ronceraie qui abritait la bergère,

De là, se voyaient lointaines sur la mer bleue les tartanes, voiles blanches dans le soleil.

Deque diriatz à ma paurièira
Faguèt elo. Sòi la cabrièira
Del mas de Mingau (1), que sabetz.
Ai pas de paire, ai pas de maire.
D'estre soula acò m'enchaut gaire.
Mas vous, quand de bestias abetz?

— Moun bestial es pa'na fourtuna
Respondeguère, ô bèla bruna,
De bestial s'en véi al mercat,
S'en crompa, s'en vend, mas de fenna
Facha coum vous ou sètz, grand pena!
Mous uelhs n'an jamai remarcat.... »

Daus èla en parlan me sarrère,
Mas, tant ben que la remirère
Auzère plus i parlar mai.
E lous mots que iéu aprestabi
Mieja-oura avant quand l'atroubabi
A mous pots mountèroun jamai —

Sas cabras qu'un gros bouc menaba
Del roumiguier que l'abrigaba
Vengueroun crestar fèlha e grelh.
E d'aqui se vezian lentanas
Sus la mar blua las tartanas
Vèlas blancas dins lou soulelh.

La douce haleine de la garrigue s'élevait tiède et parfumée dans l'air transparent.

Je restais muet. Mais je me rendais compte qu'elle prenait place dans ma vie.

Lorsque dans son regard franc et doux,

m'apparut toute son âme.

Alors emporté par la flamme qui brulait mon pauvre cœur: « Promettez-moi, dis-je, pastourelle, que vous ne vous rirez de moi, quand je vous dirai que mon destin est à vous.

« Vous êtes un moqueur, gardeur de cavales, dit-elle vivement. Il y a belles lieues de vous à moi; je n'ai seulement pas, nom de père à ce que l'on dit et, de moi, nombreux, sont ceux qui rient; sans que vous au premier moment,

Vous qui me voyez vêtue de haillons, seule, au milieu de cet amas de pierres, vous vous amusiez à me tromper! Allez, ne troublez pas ma vie, assez mauvaise comme elle est! ..»

Je ne la laissai point achever.

De la garriga parfumada
Tebeza la doulsa alenada
S'enauraba dins l'aire blous...
Restabe chut. — Mas per ma vida
Sentissia que l'abia cauzida
Quand dins soun agach franc e dous,

M'aparesquet touta soun ama.
Adounc, empourtat per la flamma
Que cremaba moun paure còr,
« Proumetetz me dizi, pastoura,
Que noun vous riretz de ieu coura
Vous dirai que tenetz moun sort. —

Setz un trufandier, gardian d'egas,
Diguet cop sec. I a belas lègas
De vous à ieu ; n'ai soulamen
Pas noum de paire à so que dizoun
E de ieu soun proun que ne rizoun!
Sens que vous, al primier moumen,

Vous que me vezets en guzièira
Soula al miech d'aquesta peirieira
Vous amuzetz à me troumpar !
Anatz, trebouletz pas ma vida
Qu'es sensa aco pla proun marrida !...
— La laissère pas acabar...

Je ne sais plus ce que je dus lui dire.
mais de ce moment je me jurai que finie la moisson de l'année, vers l'autel des épousailles, nous nous dirigerions tous deux.

***

Il disait! moi, ébaudi de ses paroles, je retenais un pleur de joie.

Et, accoudé à sa table, le front dans mes mains, après même qu'il s'était tu, je croyais l'entendre encore.

Doucement, le soir tombait des Cévennes.

Et le mont Carrous, fatigué de retenir les vents impétueux, s'étendait mollement, embrasé par les baisers du soleil, amoureux de sa crête sereine.

Plus noun sabi sò qu'i diguèri,
Mas d'aquela oura me jureri
Davant Diu clabelat en crous,
Que la sèga de l'an finida
A l'autar ount on se marida
Nous adralharian toutis dous.

*
* *

Dizia ! Ièu esbaudit davant cada paraula
Retenia de ma gauch un plour prep de toumbar.
E lou frount dins las mans acouidat à sa taula
Aprep que s'èra chut l'auzissia'ncar parlar.

Lou vespre doulsamen toumbaba de Cevenna,
E Carrous alassat de retene lous vents
Se coulcaba, embrandat per lous poutouns calenhs
Del soulelh, amourous de sa cresta serena.

CHANT SECOND

CANT SEGOUND

Chant Second

I

La maison de l'égassier était sur l'aire abandonnée.

Autrefois cette maison servait de bergerie.

Du seuil, on entend par temps calme, chanter sur le cap d'Agde (1) la belle Méditerrannée.

On voit aussi, de là, le Saint-Loup (2), le Saint-Clair (3). les Pyrénées bleues à la cime hautaine;

plus près l'Hérault d'argent qui à travers la plaine ombreuse va refleter près de Florensac le vieux pont de César (4).

Un parfum de thym y vient des garrigues.

De hauts cyprès plantés en bordure l'abritent du mistral, et vienne juin, le figuier et la treille mèlent sur la masure leurs branches chargées de figues et de raisins.

* * *

(1) Cap à quelques kilomètres d'Agde.
(2) Volcan éteint entre Agde et le Cap.
(3) Mont de Cette.
(4) Pont en ruine construit sur l'Hérault par les Romains.

Cant Segound

I

L'oustal de l'égassier era sus l'aira anciana.
Temps èra, servissia de jasa à soun bestiau.
De soun soulhet, s'auzis quand lou temps es proun siau
Cantar sul cap attenc la bella miejterrana.

D'aqui tant ben se vei lou Sant Loup, lou Sant Clar.
La blua Pirenèu qu'à la cresta auturouza,
Plus prep l'Erau d'argent que travers plana oum-
[brouza
Miralha à Flourensac lou vielh pont de César...

Un parfum de frigoula i ven de las garrigas.
Un reng de nauts sipriès l'abriga del terral (1)
E vengue Jun, figuièira e trelha sus l'airal
Mesclan brancs prouvezits de razims e de figas.

* * *

(1) On a coutume en Languedoc pour abriter les jardins ou les fermes du vent «terral» ou mistral de faire une plantation serrée de cyprès.

Agréable demeure! o demeure d'un sage! Je cheminais vers toi plein d'un rêve heureux, c'est désormais la poitrine gonflée de pleurs que je te verrai, toi qui vis s'éteindre le dernier mage !

II

Lorsqu'en hiver, soufflait le terral (1) par le chemin qui s'enfonce entre les allées de tamarisses; transis, les visages ratatinés, tremblant de froid et leurs mains ridées: vieux et vieilles venaient tels des oiseaux retournant à leur nid.

Devant la grange, les rayons du soleil étaient si bons, les pierres posées là et servant de siège étaient prises d'assaut.

Parfois les vieux se querellaient. Le gardeur de cavales arrivait, tous se taisaient. Il semblait, que désormais tous les regards étaient pour lui.

Puis, la causerie commençait : souvenirs tristes ou conte gai; évocation du temps lointain; fêtes en l'honneur des saints, fêtes des vendanges ou de carnaval, fêtes de corporations, fêtes paysannes.

Ah! ils en devisaient avec feu de leurs jeunes ans.

(1) Vent ainsi nommé parce qu'il rase la terre

Agradiva demora, ô demora d'un sage.
M'adralhabi dàus tu plen d'un urous pantai!
Es, goudouflat de plours qu'ara te revèirai
Tu qu'as vist s'atudar, belèu, lou darnier mage.

II

Quand l'ivern lou terral bufaba:
Per lou camin que s'enfounsaba
Entre alcias de tamaris,
Entrestezits, caras paissidas
Tremblan del frech, las mans rafidas
Vielhs e vielhas venian coum'ausels van al nis.

La soulelhada èra tant bouna
Davant la granja, e raubadouna
Era cada pèira al soulelh...
Lous vielhs tout cop se carcanhaboun.
L'egassier venia, se calaboun
Semblaba qu'aladounc i abia d'uelhs que per el...

Pei, coumensaba la charrada.
Remembre triste ou galejada
Evoucacioun del temps lentan.
Festas santas, festas paganas,
De coumpànhounage ou pacanas...
Ah ! de lour jouventut parlaboun ambe van !

LE FOURNIER

Vous souvenez-vous, lorsque vous m'apportiez, pour la cuisson, les beaux pains de blé que vous aviez pétri avec soin? Disait le fournier Ramel. Que je vous en ai fait cuire des gâteaux aux lardons, et des gâteaux de pâte dure farcis de noix ou de pommes. Et parfois de mauvais pains qu'on aurait cru non levurés... et tout cependant cuit à point et roux comme l'or.

LE PATRE

Le grand Pagès, un ancien pâtre, qui n'avait connu que du bien-être, parlait de ses blancs moutons, au temps où, fier dans sa cape il les gardait au bord de la colline pierreuse, et puis, joyeux il sifflait la danse des bâtons.

« Si les bâtons sont vieux
« Nous les ferons repeindre.
« Si nous n'avons pas d'argent
« Nous paierons ,l'année qui vient!»

LA LAVANDIÈRE

Mais Jeannette la lavandière qui pour caqueter n'était jamais la dernière, nous en contait un bien long chapitre. De son battoir, disait-elle, le tapage réveillait tout le village et, même qu'elle en avait des soupirants le long du ruisseau ,venus pour l'admirer.

LOU FOURNAIROUN

Vou'n remembratz quand me pourtabetz
Lous bels pans de blat que pastabetz,
Dizia l'enfournaire Ramèl.
Que vou'n ai quèitas de fougassas,
E de croustadas, de milhassas
Tout pamens quèit à poun e couma l'or roussèl.

LOU PASTRE

Lou grand Pagès, un ancian pastre,
Qu'abia viscut en tout benastre
Parlaba de sous blancs moutouns.
Quand el, rete dedins sa capa
Lous gardaba al bòrd de la clapa.
Pei fiulaba galòi la dansa dels bastouns.

« Se lous bastouns sount vielhs,
« Lous farem repintrar,
« S'abem pas ges d'argent
« Pagarem l'an que ven. »

LA BUGADIEIRA

Mas Janetoun la bugadièira
Que per caquet n'era darnièira
Nou'n racountaba un brabe briu ;
De soun bassarel, lou tapage
Espertaba tout lou vilage,
Dizia: mai que n'abia de galants loung del riu!..

LE MEUNIER .

Lorsque de mon moulin, tournant, tournant, grinçait l'arbre de noyer, disait Calas, le meunier; aux sons des cloches qu'égrenait le vent, je savais tout de suite qui de vous m'arrivait et prenant la cruche à vin je grimpais du cellier.

LE GARDIAN

Cadet, le pâtre de bœufs sauvages, nous contait ses courses à cheval, lorsqu'il choisissait dans l'immense plaine les meilleurs taureaux de « corrida ». Quand seul il allait les prendre, les poussant de son trident.

Ou bien il nous contait une « abrivade » à faire frissonner.

LA COUTURIÈRE

La couturière Marguerite, dont la petite bouche plissée semblait sans cesse trancher un fil,

Serrée dans sa coiffe raide, avec des façons de sainte nitouche, nous racontait ses amours en un français provincial.

LOU MOULINIER

Quand de moun moulin que viraba.
L'aubre de nouguier cràinaba
Dizia Calas, lou moulinier,
Als souns que lou vent degrunaba
Sabia tant leu qual m'arrivaba,
E lou pegal en man mountabe del cellier.

LOU GARDIAN

Cadet lou gardian, nous countaba
Quand dins la planassa, trilhaba
Lous milhòus biòus à fa courir.
Quand soulet lous anaba querre
Luchaba amb' eles amb soun ferre !
Ou dizia'n abrivada à faire trefoulir.

LA COUDURIÉIRA

La courdurièira Margarida
Qu'abia'na bouqueta rafida
Qu'auriatz pensat « copa soun fial »
Sarrada dins sa cofa reta,
Amb de faissouns de micauqueta
Countaba sas amours en frances prouvinsial.

LE MENEUR DE BŒUFS

Jean, le bouvier, de tant de champs jadis en herme, de champs de chênes verts, de tant de marécages qu'il avait défriché avec ses bœufs, nommait les blés, les milhets ,les vignes, les longues oliveraies qui en occupaient la place.

LE CHEVRIER

Et moi, lorsque de ville en ville, précédant mon carillon de clochettes, disait le chevrier Petit-Pierre, j'allais vendre mes chèvres, prêtes à mettre bas, en ai-je vu de belles choses, en ai-je porté d'argent tintant, blanc et net, à nul ne devant rien.

LE CHEMINEAU

Il se peut que ton armoire ait vu beaucoup d'argent, repartit le Rat. Un vieux va-nu-pieds qui était parti sur la route qui le tentait, à l'âge où ses pas étaient à peine sûrs et qui, orphelin en avait fait son parti.

LOU BOUIER

Jan lou bouier, de tant d'ermasses,
De garoulhas e de fangasses
Qu'amb sous biòus abia deruscat,
Dizia lous blats, lous milhs, las vinhas
E dels oulius las longas linhas
Que gracia à sous parelhs grelhan de tout coustat.

LOU CABRIER

E ieu, quand de vilas en vilas
Davant moun carilhoun d'esquilas
Dizia lou cabrier Peirounet,
Anabe vendre mas cabridas
Que n'ai vist de cauzas poulidas,
E qu'ai pourtat d'argent tindaire, blanc e net.

LOU CAMINAIRE

D'argent se pòt, que toun armari
N'aje vist, rebequèt lou Gàrri,
Un vielh gandard qu'era partit,
Sus la routa que lou tentaba,
A l'âge ount à pena marchaba;
E que, s'en èra fach, ourfanel, soun partit.

Mais de belles choses, allons donc. Tu n'as jamais eujambé la montagne, ce que tu as vu? on le verrait d'ici.

Ah! pour en voir de l'espace, parle moi d'un bon chemineau et, moi, j'en ai été un, un de bons, Dieu merci.

Sais-tu comment Narbonne est faite? Est-ce que tu vis jamais Carcassonne? la Cité, tours et châteaux, qui écrit l'histoire à ses vieilles ferrures, et dont les entailles à la nuit noire pleurent dans le ciel la mort des Trencavels?

Si moi j'ai dormi à la belle étoile, j'ai vu Toulouse la rose, ou tomba Monfort le furieux loup, j'ai vu Muret, deuil et tristesse, où passe un grand vent d'amertume; où moi, le sans-souci, retenant mon sanglot,

Ai fui à travers bois et plaines, car des lointaines mêlées d'armes, je croyais ouïr le lamento infini.

J'ai vu Minerve en ruines, qui resta fermée aux croisés; et je suis allé à Foix baiser le château superbe.

Mas de cauzas bèlas, caucanha!
As jamai sautat la mountanha,
Sò qu'as vist se veiria d'aici.
Ah! per n'en veire de terraire
Parlatz me d'un boun caminaire.
Ieu ne siòi estat un, un dels bouns, Diu merci!

Sabes coum es facha Narbouna?
Es qu'as jamai vist Carcassouna,
La Ciutat — tourres e castels —
Qu'escriu l'istoria à sas feralhas,
Ount à neit clauza sas entalhas
Plouran dins lou cel trum la mort dels Trencavels.

S'ai dourmit à la béla estèla,
Ai vist Toulouza la roussèla.
Ount toumbet Mounfort l'orre loup.
Ai vist Muret, dòl e tristessa,
Ount passa un ventas d'amaressa,
Ount ieu lou sans-suocis, retenguen moun sanglout,

Ai fougit travers bosc e planas,
Car de las mescladas lentanas'
Crezia d'auzir lou lamentas.
Ai vist Minerva arouinada,
Qu'as crouzats demouret tancada,
E siòi anat à Fouis baizar soun castélas!

J'en ai tant vu de choses, que je ne saurai les énumérer. Au gré de mon pas, de mon pays les pleurs et le rire, se dressaient dans la poussière pour moi seul... et, par les nuits closes ou par les aubès, d'amour du Languedoc je m'ennivrais!

Le dehors, était mon seul bien, ce n'est pas toujours une misérable demeure.

Mais aujourd'hui, pourtant, chargé d'années, je suis venu mourir sur la terre où je n'ai connu que misère, mais où sont ensevelis mes grands pères et mes aïeux.

« Qu'il est beau, le sort du chemineau, dit-on alors de tous côtés! »

« Que dirions-nous après ce que tu as dit, fit le roulier Jean Rudèle. »

Très bien, me dit Catin la vieille, tu as là de quoi faire, jeune homme, un bel écrit.

Je promis : « Je le ferai, grand'mère en délicat souvenir. La belle histoire à conter aux enfants d'aujourd'hui ! Du bon Garri, la randonnée, son retour à la terre qu'il ne cessa d'aimer ! Et le Garri dit: « Après cela, nous pourrons mourir ! »

— N'ai tant vist que noun saupria dire. —
Al grat de moun pas, plours e rire
De nostre pàis, per ieu soul,
S'enaussabou dins la poussieira,
E per neit clauza ou per aubieira
D'amour del Langadoc ieu bevia moun sadoul.

Moun soul ben èra lou défora,
Es pas, sempre flaca demora;
Mas ara, pamens, cargat d'ans,
Sòi vengut mourir sus la terra
Ount counesquère que mizèra.
Mas ount soun entarats mous grands e reires-grands.

Qu'es bèl lou sort d'un caminàire
Se diguet, atal, de tout càire ! »
Que diriam aprep so qu'as dich
Faguèt lou roulier Jan Rudèla,
« Osca ! me, diguèt Catinèla,
I as deque faire aqui, pichot, un bel escrich.

Lou farai, mameta en memoria,
Proumeteri, — La bela istoria
A countar as enfants de uei,
Del brave Garri la trepada,
Soun retourn à la terra aimada,
E lou Garri diguet : « Poudrem mourir àpei ! »

. . . .
. . . .
. . . .
. . . .

Ils sont tous morts, riches et pauvres, et déjà tous sont oubliés; dans l'enceinte où ils sont entrés seuls, doucement, pleurent les arbres.

Avec eux, aussi, s'en est allé tout un siècle de vie heureuse, simple peut-être, mais toujours transparent de loyauté et d'honnêteté.

. . . .
. . . .
. . . .
. . . .

Sount toutes morts, riches e paubres,
E deja toutis delembrats,
Dins l'enclaus ounte sount dintrats,
Souls, doulsament plouran lous aubres.

Amb eles, tant ben es anat
Tout un sècle de vida erouza.
Simpla beleu, mas sempre blouza
De franqueza e d'ounestetat !

CHANT TROISIÈME

CANT TREZENC

Chant Troisième

I

Un soir d'été où la chouette, d'une crypte jetait sa plainte, voici ce que le brave « egassier » me racontait sur le seuil de sa grange.

« Ceci, se passait en juillet; une nuit belle comme celle-ci. J'allais juché sur ma selle, quelque peu rêveur lorsque, tout à coup, un serpent siffle dans la haie; le pied de ma pouliche glisse et moi je roule à terre comme un vieux sabot.

Mon troupeau s'apeure, ronfle, racle le sol et rue; et bondit vers le puy d'Agde. Moi, cassé par ma chute, l'âme brisée, impuissant à empêcher leur fuite je m'évanouis! — Tout de même!

Cant Trezenc

I

Un vèspre d'estiu que la chòta
Jitaba soun planh d'una cròta
Vaici so que sus lou soulhet
De la granja que l'abrigaba,
Lou brave ome me racountaba :

« Acò, se passaba en julhet,
Una neit coum'aquesta bèla.
Anabe quilhat sus ma sèla
Pantaïaire un pauc, quand sul còp,
Una serp fiula joust randissa,
Lou ped de ma poulina glissa :
Ieu, rode al sol coum'un esclop !

Adounc moun troupel s'espauruga,
Rounca, rascla lou sol e ruga,
E cap al pech d'Atte boundis,
Ieu, engrunat, l'ama brizada,
Sens pouder contra l'escapada
M'esvanezisse: quand se dis!

Mon sommeil dura peut-être deux heures, je ne sais...

Ah, mais qu'est-ce qui te prend? tu pleures? bougonna-t-il en regardant mes yeux!

Cela n'est rien. Tu sais bien que j'étais homme de Foi? Quand je me levai, tout aussitôt, je bénis le Ciel!..

J'avais bien quelque égratignure, j'avais bien un peu de sang coagulé sur ma chemise. Mais, qu'est cela pour un mâle de notre race? Tel qu'il vient, tel le mal s'en va. Est-ce que nous nous plaindrions à quiconque?

Puis levant mes yeux sur la hauteur — O mes beaux souvenirs! — Je vis mon troupeau de cavales en un défilé prodigieux jouer dans les constellations, comme si Eole, leur avait donné des ailes.....

Maintenant que toutes mes cavales sont mortes, depuis que par toutes les issues des prairies et des côteaux le Progrès vient tuer la vie de notre si chère province, balayant tout noble métier.

Moun som durèt belèu dòs ouras,
Noun sabi!....
Ah, mas de qu'as? plouras?
Roundinet en gachant moun uelh!
Acòs noun ren. Sabes ben qu'ère
Ome de fe? Quand me levère
Tant lèu, besnisquère lou cel.

Abia be quauca graufinhada,
Abia be'n pauc de sanguinada
Sus ma camiza, aco de qu'es
Per un muscle de nostra rassa,
Tal couma ven, tal lou mal passa ;
Es qu'a degus ne diriam res?

Pèi, levan moun uelh sus l'autina
Vejère daut, ma cavalina
— O mous remembres agradius. —
A de reng, spetaclouza cola
Couma s'abia d'alas d'Eola,
Trepar dins las counstellacius !...

Ara, que mas ègas sount mòrtas,
Despèi que per toutas las pòrtas
De la prada amai del coustier,
Lou Prougrès ven tuar la vida
De nostra prouvinsa carida,
Escoubant tout noble mestier.

Chaque jour lorsque l'étoile luit, que tout dort, hommes et choses : âme fidèle, je regarde vers le puy agathois, comme si je pouvais y voir encore cette vision toujours chère: le rêve ardent qui me tient!..

Et j'en souffre de ce rêve!

Que de fois, grand fou, je le suis; que de fois je me prends à pleurer!

Mais ma félicité est bien morte, bien que je reste sur ma porte où l'on croirait que je l'attends!..

« Taisez-vous! taisez-vous, m'écriai-je.

O noble père! » et je lui jurai, à ses genoux, tenant ses mains:

« Nous la reprendrons votre gaule,
nous le parcourrons encore le marais; notre rêve aura lendemains.

Cada journ quand luzis l'estèla,
Que tout dourmis, ama fidèla
Agache daus lou pech atten,
Couma s'i poudia veire encara
Aquela vezioun sempre cara:
Lou raibe arderous que me ten! —

Et d'aquel raibe ne patissi!
Quand de cops fòlas lou seguissi!
Quand de cops me prene à plourar.
Mas, ma benuransa es plan morta
Amai demore sus ma porta
Ounte ai mina de l'esperar. »

« Taizatz vous! taizatz vous, cridère,
O noble paire! » e l'i jurère
A sous genouls, tenguen sas mans:
« La reprendrem vostra fichouira,
La treparem mai la sansouira,
Vostre raibe aura lendemans!..

II

Ce même soir où je le quittai, je cheminai longtemps dans la nuit, tout à mon rêve de gardeur de chevaux sauvages.

L'étoile luisante de plus en plus, baignait mon âme dolente.

— Minuit tomba du clocher —

Clocher sans style et sans ornements.

Clocher carré de mon village, fait de blocs à peine équarris, mais si noble dans ta simplicité et que tant ont poli la caresse du soleil et des vents mauvais.

Toi, qui berças tous mes aïeux; toi qui as mêlé ta voix d'airain à leur enthousiasme.

Aux temps mauvais, ô grand lutteur, tu vis un grand peuple tomber dans la mêlée.

II

Aquel vespre que lou quitère
Loungtemps dins la neit caminère,
Tout à mous raibes d'égassier.
L'estéla mai que mai luzenta,
Banhaba moun ama doulenta
Mieja- neit toumbet del clouquier.

Clouquier sens biàis e sens oundrage,
Clouquier carat de moun vilage
Fach de rocs à péna escarits,
Mas tant noble dins ta simplessa,
E qu'an alispat la caressa
Del soulelh e dels vents marrits!

Tu qu'as bressat toutis mous avis,
A lours estrambords à lours laguis,
Tu qu'as musclat ta vouts d'airam ;
Per temps amars, ô grand luchaire
Baizant toun ped tu qu'as vist jaire
Dins la batesta un pople grand ;

Afin que ne tombe dans l'oubli la beauté de l'histoire des temps passés ; que ta cloche la répète à tous. Sonne fort dans ta nuit étoilée, et sans repos jette pour toute chanson, la plainte de ces rocs meurtris.

Mais moi qui t'aime, je veux, lorsque viendra l'heure suprême t'adresser mon dernier regret.

Et puisque à ton chant je m'éveillais lorsque je vins sur cette terre; tu me berceras lorsque j'y dormirai.

Cada journ per que noun s'oublide
Que ta campana à toutes cride
L'istoria dels sècles passats.
Baralha dins ta neit astrada,
Sens pauza jita per cantada :
Lou planh de tous ròcs matrassats.

Mas ieu que t'aime; vole coura,
Veirai venir la suprêma oura
Mandar daus tu moun darnier lai,
Dès qu'à toun cant ieu m'espertère
Quand sus aqueste sòl venguère,
Me bressaras quand dourmirai!

CHANT QUATRIÈME

CANT QUATRENC

Chant Quatrième

I

Août ! Devant la ferme où l'aire s'étend ; avec un bruit d'enfer, la batteuse avale les quelques gerbes qu'on a assemblées là.

Des hommes courent autour d'elle, noirs, demi-nus, le regard voilé par la fumée, sans mot dire, et nul d'entre eux n'a le temps de plaisanter.

Cant Quatrenc

I

Agoust ! Davant la granja ount l'aira s'espandis
Amb un rambal d'enfer la batuza engoulis,
De magras garbas acampadas.
D'omes à soun entourn trepan, negres, miech-nuds,
L'agait vélat de fum, sense un mot et degus
Noun à temps per las galejadas.

Car à la maison, chaque jour, naissent des besoins nouveaux, la fadaise a passé les portes, grandes et petites et la mode chante victoire. Dès que la saison change, il faut de nouveaux chapeaux, de nouvelles robes, d'autres gants et tout cela, diantre, se paye avec la sueur... et il en faut de la sueur pour payer la gloriole...

Car à l'oustal cada journ i a besouns nouvels,
La fadeza a passat portas e pourtanels ;
E la moda canta victoria.
Fau capels, raubas, gants, se cambia la sazoun
E tout aco, pardi, se paga amb la suzoun :
E n'en cal per pagar la gloria.

Et vite, de courir follement. — De la batteuse, le retentissement semble vouloir dire aux hommes : « Encore ! Encore plus, sue et court, forçat, meurs à me servir, tu m'as créée, tu me haïras maintenant.

Je sécherai plaine et montagne. Je raserai ta verte campagne, même, je le salirai ton ciel clair, et de toi je ferai mon esclave.

Et cet amas de fer grognait tel un faux dieu sur un autel :

Vite, vite, que le temps presse, étire, étire ta carcasse, paysan noirci, nous partagerons, dit le bruit prolongé de la machine. Toi, la douleur pour tes épaules, moi pour mon maître beaucoup d'argent.

Cours paysan. Le Progrès conduit hommes et femmes de toute catégorie. Le Progrès est dieu ici-bas, il fera pour toi de jolies choses, plaisirs et joies... Que fais-tu ? Tu te reposes ?... Allons allons, cours vers ton ouvrage...

E zou, de trepar sens razoun.
De la batuza lou ressoun
Sembla dire as omes : encara,
Encara mai suza e courris,
Foursat, à me servir mouris
Mas créada, m'aïras ara ! »

Assecarai plana e mountanha !
Razarai ta verda campanha,
Ieu, l'enfumarai toun cel clar,
E de tu farai moun esclava,
E la feralha roundinaba
Coum'un faus dius sus un autar;

Vite, vite, que lou temps passa ;
Estira, estira ta carcassa,
Pacan negrous, partajarem ;
Dis lou baralh de la machina,
Tu la doulour per toun esquina
Ieu per moun mestre fossa argent.

Trepa, pacan ! lou Prougrès ména,
Omes, fenmas de touta ména.
Lou Prougrès es Dieu aisaval,
Per tu fara poulidas cauzas :
Plazers e jocs ! — Que fas ? te pauzas,
Anen ! trapa dans toun traval.

Sur son siège l'égassier plié en deux, regardait aller, venir, se soumettre les hommes au monstre furieux. Et sous sa moustache blanche, sur ses lèvres, qui restent serrées, passe un sourire de pitié.

Soudain un cri déchirant troublant l'air vient du grouillement des hommes. J'accours. Que vois-je hélas, un ouvrier dont les deux mains viennent d'être arrachées par la batteuse.

Deux hommes et moi, portons à la grange, le malheureux qui geint. De la batteuse le grain coule, maintenant, sanguinolant, cependant la masse horrible va, va, comme si de rien n'était, avalant gerbes et sueurs.

« Infortuné ! que vais-je faire ? De quatre enfants père malheureux !... Comment ferais-je pour les nourrir ? disait l'homme. Et ses pleurs coulaient, et rien ne le consolait. Il redisait : « Mieux vaudrait mourir ! »

L'égassier croucat sus soun séti
Gachaba anar, venir, fa plèt-i
Lous òmes al moustre furious,
E dejoust sa moustacha blanca,
Sus sa pòta que resta tanca
Passa un sourire pietadous.

Tout d'un cop, un crid esfataire
Ven del gourgoulh treboulant l'aire :
Ieu trepe daus ! Que veze, aïlas !
Un ome las mans derabadas,
Mans per la batuza esquinsadas !....
Dous autres e ieu cap al mas
Pourtan lou paubre que gingoula,
Pamens que lou gran ara coula
De la machina tout sannous ;
E qu'ella, la divessa fera,
Vai, vai, coum se de ren noun era.
Engoulis garbas e suzous.

Paure de ieu, de que vau faire ?
De quatre enfants, malerous paire
Coussi farai per lous nourrir,
Dizia l'ome ; e soun plour rajaba
E pas un mot lou counsoulaba.
Redizia : « Valdria mai mourir !

L'Egassier s'est levé. Il va prendre un petit cruchon cerclé de fer, où depuis plus de cinquante ans, dans l'eau-de-vie trempent des fleurs de lys. Il pose de ses fleurs, sans mot dire, sur les poignets meurtris.

....

— Qu'il faut de sueurs pour la gloriole, qu'il faut de l'argent pour faire les beaux !...

....

La machine allait sans arrêt. Tout fut fini dans moins d'une heure et nous la vîmes partir vite, folle, vers une autre aire, prenant à sa suite la bande d'hommes noirs qui n'avaient pris aucun repos.

*
* *

Car à la maison, chaque jour, il y a des besoins nouveaux. La fadaise a passé les portes, grandes et petites, et la mode chante victoire.

Il faut des chapeaux, des robes, des gants si la saison change et tout cela, diantre, se paie avec la sueur, quand ce n'est point la ruine de la maison.

L'égassier s'es levat, va querre
Un boutelhoun sauclat de ferre
Ount denspèi cinquanta ans passats,
Dins l'aiga ardent de flours de lire
Trempoun. N'en pauza sens ren dire
Dessus lous pounhets matrassats !

. . . .

... Que fau de suzour per la gloria
Que fau d'argent per fa beloria...

. . . .

La machine sens ges d'arést,
Anaba, anèt, tout siaguet lest
Dins mens d'una oura e vite e fola
Daus una autra aira couriguet,
Amb ela sens pauza prenguet
Dels omes la negrouza còla.

*
* *

Car à l'oustal cada journ i a besoun nouvels.
La fadeza a passat portas e pourtanels,
E la moda canta victoria !
Fau capels, raubas, gants, se cambia la sazoun
E tout aco pardi se paga amb la suzoun
Quand arouina pas la boria !

CHANT CINQUIÈME

CANT CINQUEN

Chant Cinquième

I

Autour de nous un grand silence s'était fait. Les oiseaux tout à l'heure enfuis, étaient de retour et sur l'aire se querellaient de nouveau.

Un tire-lire joyeux montait dans l'air pur.

Abeilles, papillons, mouches aux cents couleurs, devant la porte du maître de la grange vire-volaient.

Cant Cinquen

I

Un grand silenci s'era fach à nostre entourn.
Lous ausels, pèi partits èroun mai de retourn,
E sus l'aira deja tourna se batalhaboun
U nriu-piu-piu galoï mountaba dins l'er blous.
Abelhos, parpalhouns, mouscas, vivas coulous,
Davant la porta del grangé viravoulaboun.

Racontez-moi, dis-je au gardien, le dépiquage d'autres fois ?

Nous venions, fit le vieillard, en bande, nous étions dix fois plus nombreux que ceux que tu as vus effrayés autour du fer qui ordonne.

C'est alors, en temps de moisson, que moi, revenu des prés, je faisais envie ! J'arrivais avec mon troupeau, au milieu de l'aire, où était épandu le gerbier, — source de vie — épais et souple comme un lit.

Et vite mes bêtes de tourner en rond. Le fouet claque, et le grain de blé est hors de son corselet d'or.

Et dès l'heure du repos et de la « begude » sur le sol ensoleillé la paille sèche n'a plus un grain.

Alors de mon blanc troupeau, je prenais la tête et d'une envolée, vers l'étang profond comme le ciel, piétinant menthes sauvages et joncs, parmi des vols de chardonnerets, je le menais boire.

*
* *

Countatz-me, diguère al gardian
La cauca d'autras fes !...
Veniam
Faguet lou vielh en banda,
Erem numerouzes plan mai
Que lous qu'as vistes plens d'esfrai
Fa plèti al ferre que coumanda.

Es aladounc qu'en temps de sèga
Tournat dels prats ieu fazia léga !
Arrivabe amb ma mena, al miech
De l'aira, ount era espandida
La garbieira. Sorga de vida
Espessa e moufla coum' un liech.

E zou ! de caucar. Lou fouét peta,
La cavalina vira, reta,
E lou blat es descourcoulhat.
Tant lèu l'oura de la beguda
La palha seca es de gran nuda
Subre lou sol assoulelhat.

Adoune de ma blanca acampada
Prenia lou cap ; d'una envoulada
Daus l'estan founs couma lou cel,
Trepilhan, mentraste e jounquilhas
Demest un vol de cardounilhas
Menabe bèure moun troupel.

*
* *

De mon temps ? — Ah, c'était une bonne fête le dépiquage. Hommes et femmes serraient leur tête d'un foulard, rouge, jeune, vert, bleu. On allait en chantant portant sur l'aire ensoleillée, la gerbe d'or. Et jusques à la veillée c'était comme un éblouissement d'étincelles.

Nous mettions aux frais, notre tonnelet sous le figuier, et chaque fois que quatre rangs du gerbier étaient tombés, le chef de bande arrêtait le mouvement. Moi, je rassemblais les cavales éflanqués. C'était l'heure de la buvette, l'heure des plaisanteries. Je t'ai dit dans quel élan je partais vers l'étang.

Et les valets de retourner la paille. Du mélange que l'on secoue on ôte l'ivraie. Sous le trépier le crible vonvonne, au milieu du grain qui s'entasse, ramassé par les porteurs de pelle.

Ah ! de moun temps, n'era una bouna festa
La cauca, omes et femnas sus lour testa
Sarrada d'un foulard, rouge, jaune, vert, blu,
Trepabem en cantant sus l'aira asouleihada,
Pourtant la garba d'or, incas à la velhada
Era coum' una farfantèla de belu.

Metiam al fresc nostre barral joust la figuièira
E coda còp que quatre rengs de la garbièira
Eroun toumbats, lou paire arestaba lou van,
Ièu, sarabe ma mena d'ègas aflancadas,
Era l'oura beguèira, oura de galejadas,
T'ai dich coum m'en anabe e dins qu'un en avant.

E varlets de virar la palha !
Del muscladis que s'espoulsalha
Lou pouberas es escampat,
Joust tres peds lo cribèl vounvouna,
Al miech del gran que samoulouna
Per palejaires acampat.

D'autres montent la meule de paille et, cependant que le jour fuit les sacs de grains sont rentrés. Oh ! qu'elle manne dorée, avoine, blé, orge, touzelle, mis en ordre avec tant d'amour.

Cependant les chansons du terroir, hardi ! montaient de tous côtés, les bons chants du parler de nos mères ! Le Baiser, les Sabots, l'Ancienne, le Bouvier, l'air de la Reine Janne, faisaient ricochet sur le terrain.

La nuit venait. Sous les étoiles que les maîtresses étaient belles ! Qu'elles étaient calines, les chansons. Jeunes et vieux, bande joyeuse, nous dansions une « farandolle » sans aprêt, comme sans façon.

Ici le vieillard, figure assombrie, s'arrêta. Sa bouche raidie parut étouffer un sanglot. Il ferma les yeux d'où glissèrent deux grosses larmes qui suivirent le profond sillon creusé sur ses joues.

D'autres mountaboun la palharga.
E mentre que lou journ d'alarga,
Lous sacs de gran soun estremats.
O qu'èra una manna roussèla :
Cibada, blad, ordi, touzèla,
Ambe tant d'amour recatats.

Sópendent lous cants del terraire
Gisclaboun ardit ! de tout càire
Lous bouns cants del parlar mairal !
Lou poutoun, lous esclóchs, l'anciana,
Lou bouièr, l'er de Reina Jana,
De longa trepaboun l'airal !

La neit venia, joust las estèlas
Que las mestressas eroun bèlas,
Qu'éroun calinhas las cansouns.
Jouvents e vielhs, gaujouza còla
Dansabem una farandòla
Sens aprèst couma sens faissouns... »

Aici, lou vielh cara atrumada
S'arestèt, sa bouca estirada,
Semblèt estoufar un sanglout,
Tanquèt lous uelhs dounte glisseroun
Dos lagremas qu'i relaurèroun,
Sas dos gautas de bout à bout.

II

Je me taisais non sans être assiégé de pensées. Mais comment pouvais-je deviner la tristesse d'une vie qui m'avait paru si bien parée. Je m'approchai de lui, et posant les mains sur ses épaules, je lui dis :
« Qu'est-ce qui meurtrit votre cœur ? »

» Quel deuil assombrit votre âme, par quoi la flamme en est-elle voilée, quel Dieu peut être cruel pour vous, ô saint homme, ô bon maître, ô chantre amoureux des champs et le plus fidèle parmi tous.

« Si tu as surpris un pleur de souvenance, dit l'Egassier, lorsque de danses, tout à l'heure j'ai voulu te parler, c'est que ce mot est allé querrir au fond de moi-même ce que j'y ai mis de regrets — fiel trois fois amer. —

Allons je t'en conterai l'histoire, que dans ma mémoire et mot à mot, j'ai gravée il y a cinquante ans.
Adieu, petit, bonne vesprée, de ma douleur plus de pensée, il faut rire de tout cela. — A demain.

II

Ieu d'estre mut... Noun sens pensada !
D'una vida tant ben oundrada
Coussi devinhar lou malcor...
E prep d'el adounc me sarrère.
E miech l'abrassant i diguère :
« Dequé matrassa vostre cor ?...

Quane dól atruma vostra ama,
De que n'eniboulis la flama,
Quane Dius pòt estre crudèl,
Per vous — ô sant òme, ô boun mestre,
O cantre amourous del campestre,
Mentre toutis lou plus fidel ? »

— S'as vist un plour de remembransa,
Diguèt l'egassier, quand de dansa
Tout ara ai voulgut te parlar,
Es qu'aquel mòt es anat querre
Al founds de ieu, sò qu'i metère
De regret — fel tres còps amar. —

Anem. T'en countarai l'istoria,
Que mot à mot dins ma memoria
Ai scalprada fa cinquante ans. —
Adiu pichot ! bouna vesprada,
De ma doulour, plus de pensada.
D'aco ne cal rire : à deman !...

III

Ah le conte qu'ouïrent mes oreilles, le lendemain. Le pauvre homme. De quel deuil il avait la vie empoisonnée, qu'elle espérance anéantie à l'heure où elle prenait son vol.

Il conta :

« La petite chevrière, ma maîtresse, aussi belle qu'une déesse, de mon amour écoutait les vœux, et, elle laissait prendre, rieuse, la première des caresses : le baiser promis à mes lèvres.

III

Ah! lou conte que n'auziguère
Lou lendeman, quand m'en venguère.
Lou paure òme! De quane dòl
Abia la vida empouizounada,
Qu'una esperansa arouïnada
A l'oura que prenia soun vòl.

Countèt:

« La cabrièireta, ma mestressa,
Autant bèla qu'una divessa
De moun amour auzissia vòts,
E laissèt prene rizoulhèira
De las caressas, la primièira :
Lou poutoun proumes à mous pòts.

C'était un soir paisible de depiquage. Soudain la voix roque du chat-huant jeta l'effroi. Et sous mes lèvres qui tremblaient, les yeux adorés se fermaient... Ils ne devaient plus se rouvrir.

Tel, un trop vif rayon de soleil tue la fleur qui se dressait orgueilleuse pour offrir toute sa beauté, trop de bonheur sécha les lèvres de la petite jeune fille sous le baiser... Et rien : colère, ni piété.

Ni mot d'amour, plainte, ni embrassement, ne purent faire ouvrir les yeux profonds de mon aimée et depuis, mon âme tordue de douleur, porte en elle, de la morte, la fosse béante et sans fonds. »

Il se tut !

Moi, tête baissée, de cette destinée malheureuse j'avais compris l'amertume et sans bruit, sans proférer un mot, je m'en fus dehors où je pleurai mon saoul, caché dans un recoin.

Era un vèspre apàizit de cauca.
Tout d'un viais ambé sa vouts rauca
Lou beuloli jitèt l'esfrai,
E joust mas labras que tramblaboum
Lous uelhs adourats se tancaboun
Debian plus se dourbir jamai !...

Couma trop cauda soulelhada
Tua flour que s'es enaussada
Per oufrir touta sa bèutat
Trop de bounur, de la pichouna,
Sequèt la bouca joust la poutouna!
E ren, coulèra ni pietat,

Ni mot d'amour, planh, ni brassada
Pougueroun pas de moun aimada
Faire alandar lous uelhs trefounds ;
E de doulour moun ama torta
Porta desempèi de la morta
Lou cròs badalhaire e sens founs! »

Se calhet! —

Ieu testa clinada
D'aquela vida malcourada
Abia sentit l'amargantoun.
E sens bruch, sens mot m'en anère
Défora ount moun sadoul plourère,
Amagat dins un recantoun!

CHANT SIXIÈME

CANT SIÈIZENC

Chant Sixième

Chaque jour, d'une causerie nouvelle, parfois plaisir, parfois épreuve, l'Egassier faisait, à mes yeux, défiler les tableaux d'un lointain passé. Il mettait tant de flamme et de droiture dans ses récits, qu'il me semblait que ce vieillard avait pour mission, ici-bas, de ressuciter toute la vie heureuse de mes aïeux, pour que je renfermasse dans un livre, la grandeur du Languedoc, libre et fier, face à ses insulteurs.

Cant Sièizenc

Cada journ d'una dicha nova
Tout còp plazer, tout còp esprova
L'égassier metia joust moun uelh
D'un lentan passat la pintura.
Amb tant de fióc e de drechura
Que me semblaba qu'aquel vielh
Abia per missioun sus la terra
De rezurgir tout aco qu'era
Lou bounur de mous davanciers,
Per que metessi dins un libre
La grandour del Langadoc, libre
E fier, fassa à sous outragiers...

CHANT SEPTIÈME

CANT SEPTENC

Chant Septième

I

Nous touchions à la fin d'une abondante vendange. Le soleil n'avait pas pris un jour de repos. Dans les cuves et les foudres, le vin nouveau bouillonnait et versait une écume douçâtre.

Cant Septenc

I

Toucabem à la fin de Vendemia aboundouza.
Lou soulelh noun abia pres un journ de repaus.
Dins tinas e vaissels lou vin nouvel enclaus
Gourgoutaba e versaba una gruma moustouza.

L'air était un lent parfum, ennivrant et doux, et dans le matin calme fumait une pressurée. Poussée avec force, la roue d'un pressoir jetait sa chanson dans le village heureux.

Sur sa large maie de pierre de Beaucaire, c'était un vieux pressoir à roue horizontale et à coussins de bois. Chaque année il retrouvait une douce voix qui était comme un appel au peuple vendangeur,

Car autour du grand pressoir, accourt la bande des hommes et chacun a pris au poing une cheville de la roue.

Les corps se tendent vers la droite, mais aussitôt se redressent d'un coup sec, et le moyeu grince et pique sur le tenon de la roue.

L'aire ère un long parfum embriaïgaire e dous,
E dins lou matin siau fumaba una prensada.
D'una prensa, la ròda ambe forsa butada
Jitaba sa cansoun dins lou vilage urous.

Subre sa larga mach de peira de Bèucaire,
Era una vielha prensa à roda, en bòi nouzous,
Que cad'an retrouvaba una tant doulsa vouts
Qu'era coum un apel al pople vendemiaire.

Car, autourn de la prensa granda
Dels omes ven touta la banda
E cadun de la roda a pres cabilha al pounh.
Vers la drecha lous corps s'estiroun
Mas leu d'un còp sec se retiroun
E lou couissin craina e pica sul boutoun.

Et ainsi tant que s'affaisse la pressurée, jusqu'au moment propice où on la « taillera » ; les corps vont en cadence en augmentant l'effort. Il faut bien peiner pour faire œuvre bonne, le pressoir n'est pas pour les apprentis, mais il en sort un vin qui abreuvera le fort.

Ba ! toc ! Ba ! toc ! le pressoir presse. Cette année la vendange est riche... Allons, encore demi-tour de roue, et nous pourrons déjeuner, dit le chef de bande... et les corps plient, dix fois ensemble se redressent... L'on voit la pressurée écumer sous les plateaux de bois.

Tant que s'afaissa la racada
N'es atal, jusqu'à la talhada
Lous corps van en cadansa en augmentant l'esfort;
Cal plan penar per fa bouna òbra;
— La prensa, noun es per manobra —
Mas un vin ne sourtis qu'abeurara lou fort,

—Ba-toc! — Ba-toc! — La prensa quicha,
Aquest'an la vendemia es richa. —
Anem, miech tour de roda e poudrem dejunar,
Dis lou menaire; e lous corps plegoun....
Douge cops ensem se replegoun...
Se vèi joust cabussels la prensada grumar.

II

La coutume voulait, aujourd'hui, coutume perdue, que la vendange se terminat en une petite journée. On partait plus tard qu'à l'heure habituelle, on prenait tout son temps ; et la prude, ce jour-là, sur sa poitrine ouvrait son fichu.

C'était surtout un jour de longues « caponades » a dessein, la jeune fille, oubliait une grappe, et fredonnant une chanson, épiait si un mâle ne s'avisait point de son oubli.

II

La coustuma voulia, ueih, coustuma perduda
Que vendemia acabèsse en un pichot junchal ;
Se partissia mai tard, se muzaba e la pruda,
Sus soun pitre aquel journ alandaba soun chal.

Era journ, mai que mai de longas capounadas.
La jouve fazia'sprès de demembra'n razim.
E gachaba tout cansounant, d'un uelh malin
S'un mascle venia pas troubar la mouissèlada.

Dès qu'elle avait vu son jeu, elle courrait loin de là, mais le jeune homme en quatre bonds la rejoignait, cependant toute la bande vendangeuse les encourageait de ses cris...

Le tourdre malin, caché dans le feuillage, guettait des baisers s'échanger de bouche à bouche et non une morsure et ivrogne-noir, il s'envolait conter dans une trille, au troupeau vendangeur, tout ce qu'il avait vu.

....
....

Et l'heure du diner arrivait. Sous les oliviers les paysannes avaient un beau dessert sur l'herbe, et du vin blanc, du vieux, sorti du caveau, mettait le feu aux joues et faisait les yeux plus vifs.

Tant lèu vist, partissia courèira luenh d'aqui,
Ount lou jouvent dins quatre sauts la rejuntaba.
Pamens, touta la cola erouza lous sutaba... .

Dins lou felhun lou tourdre amagat e couqui
Gachaba de poutouns e noun una mourdida
Se cambiar folamen de bouca à bouca, e pei,
S'envoulaba contar tout àco — nègre embrèi —
Al troupel vendemiaire amb una longa trida.....

E l'oura del dinar venia, joust lous oulius,
Las pacanas abian un bel dessert sus l'erba.
E de vin blanc, del vielh, tirat de sa counserva.
Metia fioc à la gauta e fazia d'uelhs plus vius.

Aussi, allégés de quelques habits et chaussés de sandales, les couples, deux pampres noués bout à bout, avec un style impeccable, glissaient ensemble sous le soleil, la danse des treilles qu'accompagnait le son du hautbois.

DANSE DES TREILLES

Sous le pampre
Jeune fille et galant,
Passez souriants ;
Sous le pampre
Jeune fille et galant,
Rapprochez-vous en passant.

*
* *

Les déesses des champs ainsi devaient danser, sur les coteaux grecs, aux bords méditerranéens...... Ainsi le vin ravive un peu l'âme païenne, que notre Languedoc semble être fait pour bercer.

Tant ben, alaugèirits e caussats d'espardelhas
Lous parelhs, dous bizans nouzats de grelh à grelh,
Glissaboun d'un boun biais, ensem joust lou soulelh,
Al soun del flahutet, la dansa de las trelhas.

DANSA DE LAS TRELHAS

Joust lou bizan
Jouventa amai galant;
Passatz faguen rizeta;
Joust lou bizan
Jouventa amai galant
Sarratz vous en passant.

*
* *

Las divessas dels camps atal debian dansar
Sus lous coustiers gregàus fasa à la Miechterrana,
Atal lou vin reviuda un pauc l'ama pagana
Que nostre Lengadoc sembla fach per bressar.

III

Ce jour-là, l'Egassier, m'avait envoyé querrir. Pensez de quelle ardeur je courrus vers sa maison. Je le savais vieux, bien vieux, et je craignais un malheur.

Je pousse la poterne ! — Guêtré, lui, m'attendait ; et, comme il surprit mon regard, il me dit doucement : « Je t'étonne sans doute. Va, prends mon bras, partons. Je souffre dans mon étable, l'ennui s'en prend à ma vieille carcasse. Viens, que ta jeunesse aide à ma vetusté !....

III

Aquel journ l'égassier mandèt caucun me querre.
Pensatz de quana ardour daus soun mas caminère :
Lou sabia vielh; plan vielh e crentabe un malur!

Bute lou pourtanel: guètat el m'espèraba,
E coum vejèt mou uelh que bèleu s'alandaba
Me diguet doulsamen: « T'estoune de segur!
« Vai, pren moun bras, partem. Soufrissi dins ma [jassa !
« La languizoun s'en prend à ma vielha carcassa
« Vèni, que ta jouvensa ajude moun vielhum! »

Nous marchâmes, par des sentiers, à travers les prés et les luzernières, au bord du ruisseau desséché où croissent de mauvaises herbes ; dans le chemin creux et sans ombre. Nous passâmes le bosquet de bouleaux blancs ; l'oliveraie, l'allée d'amendiers, la pinède qui chante ; une vigne où l'automne épandait son or ; et puis vint l'herme sur le puy, ou la chapelle d'une antique abbaye s'emmantele de lierre....

« Je suis fatigué, dit le vieillard ! — C'est mon dernier effort. » Et comme il était fourbu, il s'assit sur l'herbe... Il songea... puis se dressant dans tout son orgueil il parut rassembler terre et ciel dans son regard ; et cependant qu'un sanglot brûlait ma poitrine, je recevais sur mon sein le pauvre et noble vieux.

....

....

Marcherem per draïols, demest prats e luzernas,
Al bord dèl riu secat ount creissoun las fautèrnas,
Dins lou camin founzut ount i à pas un oumbrun.
Passérem lou bousquet d'aubats; l'estacareda;
La léia d'ameliers; la cantaira pineda;
Uno vinha ount l'autouna espandissia soun or,
E pei venguet l'ermas, sul pech, ount la capèla
D'una anciana abadier dins l'euna s'emmantèla.

« Sòi las! diguèt lou vielh ,es moun dernier esfort! »
E couma èra cansat s'assetèt dessus l'erba.
— Sousquet!
Pèi se quilhan dins touta sa superba
Semblèt dins soun agach rescoundre terra e cel.
Espandiguèt sas mans dins la plana marina
E mentre qu'un sanglout cremaba ma pétrina
Ressabia sus moun sen lou paure e nòble vielh!

. . . .
. . . .

Je l'assis sur l'herbe épaisse. Dans ses yeux il y avait une caresse, et souriant : « Il fait bon mourir, dit-il, lorsque dans la vie l'on n'a pas fait d'œuvre mauvaise. Je me sens partir sans souffrance.

« Je m'en vais, ami ! Je m'en vais... Un astre est là-haut où le bonheur parfait attend un jour l'homme de bien ! Ne pleure pas... Sois de race forte... La mort ?... c'est un grand portique qui s'ouvre dans l'air serein.

... J'ai entendu un pas de cavale !... Mais non, je suis fol... non... tout se tait... — Qu'il fait chaud dans cet abri. — Mais... vois... vois... l'ange qui descend du ciel étendant son aile... n'est-ce point ma maîtresse, ami ?...

Oui, je la vois telle que je l'ai aimée !... Toujours en son printemps fleuri... Ses grands cils noirs... ses cheveux lisses... Elle a gardé sur sa poitrine la croix d'or et de perles fines... que je lui donnai... et, elle me sourit !...

L'assetèri sus l'erba espessa.
Dins sous uelhs i abia'na caressa
E sousriguen: « Fai boun mourir
« Diguèt; quand dins la vida
« L'om a pas fach d'actioun marida....
« Me sente en anar sens soufrir...

« M'en vau amic... m'en vau!... Un astre
« Es amoundaut... ount tout benastre,
« Espèra un journ l'ome de ben...
« — Ploures pas! sia de rassa forta...
« La mort....es una granda porta
« Que s'alanda... dins l'er seren!...

« ...Ai auzit un pas de cavala!...
« Mas noun... sioi fol?... noun... tout se cala,
« Que fai calt dins aqueste abric!...
« Mas vei, vei,,, l'anja que davala
« Del cel espandiguen soun ala....
« Es-ti pas ma mestressa amic?

« Oc ! la vezi coum l'ai aimada....
« Sempre printanèla e flourada...
« Sous grands cilhs negres... soun pel lis ....
« ...A gardat subre sa pétrina
« La crous d'or e de perla fina...
« Que l'i dounère... e me sousris!...

Regarde-la... regarde-la... sur le nuage... elle se rapproche... Oh vois !... elle se lamente... elle m'appelle... regarde-la !... elle est ici !... Je sens ses mains sur mes épaules... Son baiser à mes lèvres pâles... Petite amie !... enfin !... oh !... te voici !!!... »

Et les yeux du vieux se fermèrent... Des grands nuages qui surgirent de l'occident, l'ombre descendit... A genoux, je me signai... je pleurai... je songeai... je priai... bientôt tout le ciel se voila...

Mais le soleil, d'une poussée dispersa les nues, et son rayon se fit plus vif...

Et pendant que s'éteignait l'aïeul, de tout le terroir montait vers lui un chant immense et plein de charmes.

« Vei-la, veil-la! sus la nivoula...
« Se sarra mai... Oh vei... gingoula...
« Me crida!... vei-la... n'es aici...
« Sente sas mans sus mas espalas...
« Soun poutoun à mas labras palas...
« Miqueta! enfin! oh! te vaici!...

E lous uelhs del vielh se tanqueroun!
Dels nivoulasses que mounteroun
Del pounent, l'oumbra davalèt.
A ginoulhous ieu me sinnère,
Plourère, sousquère, preguère...
Lèu tout lou cel s'enniboulèt.

Mas lou soulelh d'una butada,
Dessapariét la nivoulada...
E soun rais se faguèt mai viu!

E mentre que l'aujol passaba,
Del campestre daus el mountaba
Un immensi cant agradiu!

IV

Au pas lent des bœufs, sur le plus grand char, selon le rite séculaire, le dernier voyage de raisins — quatre comportes aux trois-quarts pleines, — orné de roseaux, de chêne vert, de genêts et des branches de pins, descendait du coteau.

Devant, le bouvier, l'aiguillon enrubanné, guêtré de neuf, blouse plissée, allait, persuadé qu'un monde le voyait.

Hommes, femmes, enfants, bande un peu échauffée, s'étaient hissés dans la ramure et tout cela chantait, criait et riait !

IV

Al plan-planet del biòus, subre lou plus long carri,
Seloun lou rite seculari,
Lou darnier viage de rasims,
— Quatre semals à tres-quarts plenas —.
Davalaba del crès oundrat de carabenas,
De garoulha, de ginesta e de brancs de pins.

Davant el, lou bouier, ribans à sa gulhada
Guètat de nòu, bloda plissada
Anaba, assegurat qu'un mounde lou vezia.
Hommes, femnas, enfants, banda'n pauc escaufada.
Séroun aussats dins la ramada,
E tout aco cantaba e cridaba e rizia.

V

Maintenant là-haut, sur le coteau, la maison est fermée. La croix sous le cyprès parait plus triste. Personne ne viendra plus y abriter son repos.

Les jeunes ont la ville où porter leur nichée, le Progrès mènera sans trève sa croisade, et les vieillards iront mourir aux hôpitaux.

Notre Egassier est mort ! Mais il est mort sur sa terre, emportant dans son cœur un baiser du soleil !

Muse, ne le pleurons pas ! Chantons, chantons qui il était et plaise à Dieu que nous mourrions comme il est mort !

FIN

V

Ara, amount sul coustier la cabane es tancada,
La crous joust lous sipriès sembla mai atrùmada,
Degus i vendra plus abrigar soun repaus.

Lous jouves an la vila ount pourtar lour nizada
Lou prougrès de countun mènara sa crouzada
E lous vielhs aniran mourir als espitaus !

Es mort nostre egassier, mas es mort sus sa terra
Empourtant dins soun cor un poutoun del soulelh.
Muza lou plourem pas ! Cantem, cantem qual era,
E que Diu fague, aumens, que mouriguem coum'el !

FIN

Il a été tiré de cet ouvrage :

---

50 exemplaires sur Vergé grand luxe Montgolfier
— numérotés de 1 à 50 (*souscrits*)

500 exemplaires sur papier Vergé bouffant.
numérotés de 51 à 550.

Exemplaire N° 364

ÉDITIONS

AU GAY SÇAVOIR

OUVRAGES PARUS

Gaston VINAS. — *Nostra Dama del Grau*, poème lang. (*N.-D. du Grau*) in-16, texte et trad. — 3 fr.

Paul PAGET. — *Las Bucolicos* - (*Les Bucoliques de Virgile*), *revirados en vers lengodoucians* Couverture et frontispice par A. Injalbert de l'Institut. . . . . 6 fr.

E. R. d'ELLY. — *La Cansoun di Mirage* (Pouèmo). (*La Chanson des Mirages*) (Poèmes). Préf. de Gaston Vinas - un vol. *in*-16, texte et traduction. . . . . 7 fr.

E. BARTHE. — *Las Paloumbos de Sant-Nazari* *Las dos Aujolos* (plaquette en vers) . . . . 2 fr.

OUVRAGES A PARAITRE

CLARDELUNO. — *Escriveto* (Légende languedocienne), texte et traduction, illustré.

Léon TOURRE. — *Perlou.* — Poème en vingt chants, illustré.

Gaston VINAS. — *Sounets* (*Sonnets Méditerranéens*) illustré.

(*Il sera fait de ces trois ouvrages un tirage spécial, comme pour l'Egassier.*)

OUVRAGES DE NOTRE FONDS

E. BARTHE, Félibre Majoral. — *Lou Perdou de la Terro,* 3 actes en vers languedociens, in-16 .... 8 fr.

Lous Vielhs, 3 actes en vers languedociens in-16 .... 8 fr.

Antonin MAFFRE. — *Flours de Farfadeto.* — poèmes in-16. Couverture illustrée par G. Cugnenc Conservateur du Musée .... 5 fr.

Abbé DELOUVRIER. — *Histoire de Pézenas et de ses environs* — in-8 .... 10 fr.

Histoire de St-Chinian-de-la-Corne et de ses environs — in-8 .... 10 fr.

Histoire de la Vicomté d'Aumelas et du Pouget — in-8 .... 10 fr.

(*Ouvrages couronnés par la Société Archéologique de Béziers.*)

Achevé d'imprimer le 27 Juillet 1926
sur les Presses de l'Imprimerie du Sud,
S. Baghi, 9, rue Tivoli, Béziers.

SAVPRE
SEMPRE
MAI

www.ingramcontent.com/pod-product-compliance
Lightning Source LLC
LaVergne TN
LVHW020327230826
846091LV00003B/796

* 9 7 8 2 3 2 9 1 7 7 6 4 9 *